Ⅵ 日照雨風《そばへふ》（長歌九首） 193

装本・倉本　修

歌集　時雨譜

妻・悦子に捧ぐ

序歌

汝が三沢わが水沢の凅れ沢に水が音《ね》賜《た》べよ七時雨山《ななしぐれやま》

I　山わらふ

波の穂の甚振《いたぶ》らしもよなぜ過《よぎ》り胸はり裂くるアントンの声

ブルックナー：弦楽四重奏曲ハ短調

大和いつまで

むめ桜ノビル早蕨フキノタウわが川べりの春はまほろば

満開のソメヰヨシノも羨むかオホシマザクラふくらにて無垢

鄙なれば独り占めなり花細《ぐは》しさくら堤は六曲一双

うぐひすの梅の初音のうれしくて凍てし桜の枝《え》をわたる風

風渡野《ふっとの》※の語原たどれば杜鵑《ほととぎす》ほとほと女陰《ほと》の知らぬが仏

※埼玉県さいたま市見沼区の大字

散る花を鱗《うろくづ》のごと纏はせて往ぬる川波身をよぢりつつ

散る花のさだめも知らで白はぎの驕りの春を翔けるミニスカ

乙女椿一輪いけてめづる間もうつつならぬぞ春の色香は

いにしへは海石榴《つばき》と書きしこの花を乙女と初めに呼びし人はや

ナイスミドルの峠はとうに越えたればミヤコワスレの淡色《うすいろ》を愛づ

並み立ちて天に礼《ゐや》する形なり紅白にほふ若花水木

菜の花の千手万手《せんじゅまんじゅ》の花かげに入りて出づればわが名は黄蝶

風わたり葉桜ひかり弧をゑがく燕《つばくろ》の翔ぶ大和いつまで

遠音の正体

みちのくの春まだ浅ききさらぎのこの日もちづき山家忌《さんかき》しぐる

はかりなき千尋の底の海松房《みるぶさ》も生ひゆかざらむわたつみの門《と》は

七万分の一本松の姿かな一体なにが何が起きしや

木綿四手《ゆふしで》の神隠れけむ大地震《なゐ》の波の遠音の正体告げず

うきしづむ涙の波のうつほ舟鵺《ぬえ》哭きやまぬ閖上《ゆりあげ》の浜

荒神《あらがみ》の去りし荒野にひとり泣く少女のなみだ乾く日ありや

確かなるもののなき世に見つけたり芽吹ける花の小さき確かさ

荒浜の情けのイナサ帰り来よ叶ふものなら妻娘《つまこ》を連れて

火影の闇

生活《たつき》とふ侮りがたき存在がわが愛《を》しむべき時を奪へり

人はみな誰かの影を踏んでゐるいづれその身も踏まるるものを

今にしてなほ許せざる人多しわが狭量にけふも手を焼く

狷介と言われし人と知りしより身近になりぬ新井白石

同じ火を見つむる人と思ひしが君は火影《ほかげ》の闇を見てゐし

我もまた君から見れば君なれど我他彼此《ガタピシ》ピシャリ嫌なものは嫌

世の中は鶍《いすか》の嘴《はし》の食ひちがひ捩《ねぢ》れ捻《ひね》られ曲げられて生く

飛ぶ夢は疾うに見ざるかコバネウの風切り忘れ岩間に潜《かづ》く

目に見えぬ影がわたしを追ひ越して真昼も夜の帳《とばり》のやうな
幻と知らで此岸にただよへる我を彼岸のわれが見てゐつ

始祖鳥の空

道南の八雲花浦遊楽部《ユウラップ》　妻をそだてし湯の川ゆるら

連れ合ひも早や還暦を迎へたり六年前の病を抜けて

クモ膜下の洗礼受けし妻は今リハビリ兼ねてナンクロの日日

澄む秋の食卓かざる曼珠沙華心づくしのありがたきかな

乳ふさも寝息も声も心根もいまだ少女のごとき妻なり

蟀谷《こめかみ》に残る痛みを飛ばさばや妻のクモ膜いまだ蠢《うごめ》く

時時に妻の吐き捨つる決め台詞われには痛きイナヅマの太刀

われは言ふ「二人は一心同体」と、妻は返しぬ「同床異夢よ」

見返れば「亭主の好きな赤烏帽子《えぼし》」愚痴もむべなり四十七年

心根はよけれどすでに半世紀ともしらがにて靨《ゑくぼ》もあばた

潮舟の並びて憩ふ島つ島ユルリ・モユルリ※海霧わたる

※根室半島南側の沖合にある二つの離れ小島

人の死はいつ来るものか白露の命なりけり　けふ西行忌

うす靄のけさは青田もおぼろにてたもとほりつつなほ夢のなか

妹に恋ひ吾《あが》の松原※見渡せば海松《みる》色に透く和歌の浦かな

※三重県四日市市の松原。「我が待つ」に掛けている

来るか来ぬか餓鬼の後《しりへ》※か松が根の待ちかね橋に小糠雨ふる

※『万葉集』巻四・六〇六　笠女郎、家持に贈る歌参照

おとなひは如何なる時か歌の神うちつけに来て須臾にして去る

去るものは追はずとは言へいつか見む千里を翔ける始祖鳥の空

蘇る天平の音

斬り結ぶ劉宏軍《リュウ・ホンジュン》に神やどり古代楽譜は目を醒ましたり

正倉院ゆかりの楽器復元す「天平楽府《がふ》」の八音《はっちん》きらら

鳴る竹の折り口まねて創りしと知ればなつかし風の「拝簫《はいせう》」〔竹〕

「方響」の名に欺かれ驚きぬ音のゆらめき軽羅のごとし〔金〕

「磬《けい》」といふ石片二段に掛け並べ打てば台座の龍もなごめる〔石〕

夢に見し螺鈿紫檀の五絃琵琶ばちの触るるや花降りやまず　〔糸〕

鳳凰の尾羽を模したる吹き口の「笙」をつくりし女媧の伝説　〔匏《はう》〕

調べの緒締めつ緩めつ打ちつぎて一声《いっせい》あれば皮鳴《ひめい》一閃　〔革〕

抱擁の「祝《しゅく》」も射精の「敔《ぎょ》」もありて古人《いにしへびと》の声なまなまし　〔木〕

閉ぢてハ音開くればロ音あらかねの土笛「塤《けん》」の口づけに酔ふ　〔土〕

いにしへのシルクロードもかくやらむ往き交ふ音に広ごれる笑み

埋もれたる埋もれすぎたる楽の音を今にし聴くはまさに僥倖

日も月も星の動きも嵌《は》め込みしネブラ天文盤を惟《おも》へり

風の船

にぎたまの吐息を抱きて黙《もだ》しゐる月の器をヴィオラと言へり

鬼灯《ほほづき》も蛍袋も風の船ヴィオラもさなり風に鳴る船

見れど飽かぬ人も楽器も出会ひなりマティアス・ハイニケ※今年九十《きうじふ》歳

※ヴィオラの銘

柏木の葉守《はもり》の神の座《ま》しけるか無窮の風雅《フーガ》和音《ハモリネ》　峠《たむけ》

盈《み》ち虧《か》けも月のたくらみパルティータ上弦下弦重音奏法

この道の先にかすかに燃ゆる火を間近に見るはいつの日ならむ

人知れず暗きしじまにましまして楽の音《ね》統《す》ぶる魂柱《こんちゅう》けなげ

魂柱の支ふる胴をふるはせて孔《あな》をとびたつ女神の吐息

弦に触るるその瞬間にほとばしる血潮はつねのわが身にあらず
合奏は生きてゐてこそ　めぐり逢ひて一期一会のカルテット組む
エウロパの楽の器よ　いかなればこのジパングに辿り着きしか

四弦をいとしめやかに巻きあげてヴィオラ奏づる身ぞありがたき

石を穿つ雨垂れのごと従容と弓弦《ゆづる》弾かばや器《き》の鳴るままに

西日うけ爪切ることも生きること愛器こよひも我を泣かせよ

義父、逝く

小山石利見（一九一八〜二〇〇七）

突然の訃報を聞きてわが妻の両手の震へ止まらざりけり

永くながく離れ住む娘《こ》の声を欲《ほ》り今際《いまは》の電話掛けたまひしか

吐血せしは三十年前しんしんと雪ふりしきる淋代《さびしろ》※の夜

※青森県南東部、三沢市の一地区

わが子らの見守るなかに安らけく岳父《がくふ》は永遠の眠りに入りぬ

自《し》が夫の逝きしも知らず恍惚の丈母《ぢやうぼ》はただに微笑みてをり

やうやくに夫の遺体にとりすがり老母はわつと声あげたまふ

遺されて移り住みたる「いづみ野」※にあはれ記憶のかすむ母訪ふ

※グループホームいづみ野（東松山）

此の岸と彼の岸の波に游ばれて夕べも明日も帰らぬ海馬

恍惚の人となりても武家の血ぞヲトメツバキの操もて過ぐ

笑み湛へ手を振る母のシナプスのゆらめきながら刻々消ゆる

早咲きの花ひえ残る川べりに土筆一茎立ちつくしたり

Ⅱ　山したたる

かなはざるさだめを発条《バネ》に炎《も》え立ちてここに逸品クララ泣かしむ

ブラームス：ピアノ五重奏曲ヘ短調 Op.34

いろかにほへる

ロベルトから「ミルテの花」※を贈られてこの日クララは父を捨てたり

※シューマンの連作歌曲 Op.25

夫の死をいかに過ぐしにきヨハネスの好意に泣けど諾はざりき

十薬《どくだみ》は十楽《ごくらく》からの贈りもの黄なるその身に十字の白衣《びやくえ》

濡るるほど氷のごとく透きゆける山荷葉《さんかえふ》げに神変《じんぺん》白衣

ウスユキサウせめて涼しき花の名を誦《ず》せば川面に幻の雪

庭先に朱き一輪ゆらめきて今かも恋ふる虞《ぐ》や虞《ぐ》やの声

虞美人草四面楚歌にも怯まざり木《こ》の下風をそつと躱《かは》して

夏引きの糸嫋嫋《でうでう》と揺られゐて白露《はくろ》の天をサルスベリゆく

けさは白き冠《かむり》の優姿見せたるにいま天を焼く影向《やうがう》黒富士

萼のこし飛ばされてゆく蒲公英の綿毛うきうき花魁《おいらん》道中

しらはぎのほのうらやみの膕《ひかがみ》のにほへるいろか神のたくらみ

危ふきに近寄らざるや君子蘭ノーブリース・オブリージュの気品

楢の葉の名残りの夏を鳴く蟬のこゑ爾時自恃《ジジジジ》と歌仙まくなり

一陣の風に巻かれて舞ひあがり雲に乗りたる瓢箪鯰《なまづ》

霧ながら槿花《きんか》一朝身に沁みて底紅淡し宗旦の夢

わが逝きしのちの見沼の水面にも今朝のむくげの風わたるらむ

けふもまたたづきも知らに日は暮れてあとは五合満天星《ごんがふどうだん》の酒

日の暮れ知らず

犬老いて消ゆるいのちの虎落笛《もがりぶえ》いだけば肋なほあたたかく

黙契のごとくわが家の犬三匹つぎつぎに逝く辰の旅立ち

抜殻《ぬけがら》となりたるわれら老夫婦　雪の庭にもあの目あの声

「抱いてみますか」店員の声に騙されて抱けば見つむるその瞳《め》に屈す

手のひらに乗せて餌づけし妻の日日むくはれていま噛みつきジャック

一歳の白き怪獣立ち止まり今朝の富士見るマルチーズ「ミル」

あられもなく両脚ひろげ腹だして居眠るミルの無防備を愛づ

縁先に香箱つくり安寝《やすい》するわが虎御前《ごぜ》は日の暮れ知らず　（愛猫「ジジ」）

土に塗るる

ここで生まれここで育てば己が身をガラパゴスとは気づかざりけり

土を掘るただそれだけに癒されてただ懐かしく土に塗《まみ》るる

門口に古《ふ》りはててひとり「蹲《うずくまる》※」素《す》の楽浪《さざなみ》の紫香楽《しがらき》の陶《すゑ》

※信楽焼の銘／人がうずくまっているように見える壺

古唐津の奥高麗《おくがうらい》の梅花皮《かいらぎ》の釉の流るるこの「さざれ石」※

※奥高麗茶碗の銘

夕星《ゆふつづ》のか行きかく行くほうたるよ釉かけられて一壺《いっこ》となれり

奥能登の浜のつぶやき焼き締めて無釉の須恵の膚《はだへ》すずしき

濁手《にごしで》※の肌きよけれど沫雪《あわゆき》の若やる胸に如《し》くものはなし
※古伊万里の柿右衛門様式／乳白色の素地が美しい

雪ふかき奥丹波路を朱に染めてただ置き去りの細川ガラシャ※
※細川忠興の妻

冬ごもり甕をのぞけば洗朱《あらひしゆ》の柿みなそこの天にうつれり

古酒を酌み古歌に酔うては古希に転《こ》け古今東西壺中の天地

父、逝く

菅原慶一（一九一七〜二〇〇九）

胸に巣食ふ動脈瘤は牙を剝きにはかに父を呑み込みにけり

欠伸《あくび》かと見まがふ吐息二つして動かざるなり　つひに戻らず

生と死の境も告げず露霜の涙も置かず須臾にして逝く

たまゆらのこの世の留針そつと抜き一乗菩提の彼岸にわたる

ひさびさに相撲をとりてあつけなく父に勝ちしが悲しかりけり

したたかに酌み交はしては定番の碁敵《ごがたき》となる午後の陽だまり

指し交はす那智・蛤《はまぐり》のいくさ場は形見となりし五寸の碁盤

骨となりし父を砕きて納めたる骨壺かそか御魂だきしむ

九歳で奉公に出るけなげさをわれ忘れにき　今にして泣く

六百年彼岸此岸をゆきかひて松風さやぐ父祖の奥つ城

大宰府雷電伝（全歌折句）

あかねさす君が心の法《のり》の場《には》日がな祈りしのちの仁和寺

あきのひの

琵琶を弾くおのれの今は盧生《ろせい》とや恩賜の御衣《おんぞ》残《のこ》んの命

ヴィオロンの

立つ風に妙法《めうほふ》蓮華いろづきて二月三月《きさらぎやよひ》のぞむ宮城野　ためいきの

三上山西風《にし》ふきあげしシテ柱身を寄せて見む　天に凪あり　みにしみて

ひとり行く旅果てしなき文章道「類聚国史」二百巻を編む　ひたぶるに

烏兎《うと》匆匆《そうそう》来世を契る楽の音《ね》に懐《なつ》きて吟ず詩篇十巻

うらがなし

＊

感ずべし念仏《ねぶつ》読経の法《のり》の灯《ひ》をおとなふ秋の鈍《にび》色の月

かねのおとに

むせび哭《ね》の寝覚めの袖の古衣《ふるごろも》 謫居《たつきよ》に病みし逆臣の冬

むねふたぎ

いかならむ楼いでがたき観音寺碧瓦《へきがわら》堅く天に満つれば

いろかへて

鳴る神の乱れ飛び舞ふ大内裏紅蓮の闇の無間地獄ぞ

なみだぐむ

捨て舟の漁歌《ぎよか》のごときか朱夏寒しひぐらし暗き軒の篠笛

すぎしひの

鬼のごと捥ぎとる柘榴火と化《な》りて伝法無慙山崩れたり

おもひでや

＊

弦の音《おと》にはかに起ちて分かつ夢連枝ぞ割けて橋掛り墜《お》つ

げにわれは

うたかたの楽土と知りて武《ぶ》張《ば》れども列柱すでに天を仰げり

うらぶれて

ことの葉もこころの花も風しだい生死長夜《しやうじぢやうや》のこの月のかげ

ここかしこ

さびしさに弾琴微醺《びくん》めでつつも何より欲りし国の漢詩《からうた》

さだめなく

ともに弾く琵琶の音《ね》いまは知音《ちいん》なく落花の雪を踏み紛ふのみ

とびちらふ

音もなく散る花に似て茅屋《ばうをく》の垣をめぐれば猶し啼く雁

おちばかな

*

ともしびの清き心ははかなくて春を忘るる流謫《るたく》地の梅

ときはる

比叡の月腸《はらわた》断ちて赤頭《あかがしら》 顰《しかみ》 面《おもて》の立ち回り杖

ひはあした

あやかしの樒《しきみ》の花を手向山離れし子らの声は離れず

あしたは

しら梅の散るなる雪の儒林ゆゑ蘇武燕丹の故事を羨《とも》しぶ

しちじ

悲しみと楽しみ双つ遠近《をちこち》に離《か》れて転《まろ》びし西の信宿《しんしゆく》

かたをかに

筑紫路を行きつ戻りつ見返れば契りし君恩天拝山《てんぱいざん》に消ゆ

つゆみちて

あらまほしきは霓裳羽衣《げいしやううい》の秘曲なり梅花は雨に柳絮は風に※

※下句、『閑吟集』より

あげひばり

流れゆく呑まれゆくわが輪廻なれ一畳台上泥眼カケリ

なのりいで

家書《かしょ》一封謫所に寄する妻の手蹟《て》を胸に懐《いだ》けば流涕やまず

かたつむり

縁《えにし》憂し大宰の梅は匂へども花の都の人の声なく

えだにはひ

神解《かむと》けの御霊しづめる僧正に雷《らい》落とし得で仁王会《にんわうゑ》果つ

かみ、そらに

シテとワキ六根罪障知ればこそめぐる陀羅尼に末を託さめ　　しろしめす

術なくて汨羅《べきら》に沈む天刑をよそには思《も》へず白微霰《はくびさん》浴ぶ　　すべてよは

恋ひわたる唐の白氏の文字の海波滔滔と詞藻あふるる　　ことものなし

Ⅲ　山よそほふ

遠うねりやがて静まり雪の夜の赤き炎をフランツ焦がる

シューベルト：弦楽四重奏曲第15番ト長調 D.887

青蝶白蝶

花のごと降りくる雪の奥処《おくか》より焰《ほむら》迫り来いのち迫り来

篠の芽の何を偲びて霜月の冷たき庭に生《あ》れし小菊ぞ

時ならぬ非情の雪も諾ひて濡れそぼちつつ明日を待つ花

白たへの雲をまとひて秋に入る美豆良《みづら》の美少年の手裏剣

秋冷の旦暮《たんぼ》に見やる曼珠沙華かたへに凛とくくみらの花

目に涙湖《るいこ》耳に蝸牛もあるなれば涸るることなし角《つの》出してゆけ

蘇武子卿《そぶしけい》　節を曲げざる十九年つひに雁書の伝説を生む

秋のみづ青蝶白蝶ひきつれて世のしがらみを越えてゆきけり

母、逝く

菅原こう（一九一七～二〇一二）

背を掻けと息子《こ》に命じしは半夏生一期の母の置き土産なむ

もっと強くもっと強くとせがまれて背を掻きやりぬ死の三日前

青眼も朱花白葉にたゆたひていま恍惚の花眼《くわがん》となりぬ

お清めの湯灌の母の髪を洗ふ水はむなしく流るるばかり

旅らしき旅もせで経し九十年　母の初旅、死出姿かなし

藤納戸《ふぢなんど》色の空に半月《はんげつ》半化粧　ひ孫の顔を見で逝きし母

迷信と思へど不安裏鏡《うらかがみ》帯びてとむらふ娘《こ》が母になる

逝く母の思ひ出たぐる波のむた葉月はつかに吾を潤ます

あふれきてこぼるるばかり放ち鳥行方も知らに早や一周忌

水打てどたちまち墓石《いし》は干上がりて蟬も鳴かざり妣《はは》も泣かざり

日照雨《そばへ》ふる大正昭和平成の三代《みよ》ながらへて考妣《かうひ》ねむれる

この妣《はは》につながりて今生きてゐるわが身の不思議　われは何者

たまゆらの露を結べる野の草のわれには遠き貴種流離譚

初孫てんやわんや

朝餉せむと虚空をわたり舞ひ下りて青田をつつくコサギ恬《てん》たり

小止《をや》みなき血の海流の人体の六十兆個の細胞の森

十月《とつき》経て初めて見たる外界は血まみれの母血まなこの嬰児《われ》

癸巳《みづのとみ》五黄《ごわう》土星の水瓶座わが初孫のただならぬ星

恐竜の卵もかくや　あたたかくかつやはらかきいのち尊し

さやさやと木の葉ささやきスヤスヤと稚児ねむらせてお愛《お》しつくつく

寝返りにも匍匐前進にも大はしやぎふり向く孫の笑みにもヤンヤ

六ヶ月すぎて這ひ這ひ三畳紀つかまり立ちの今はジュラ紀か

わが子ゆゑ吸はるるままに諾へり蓋し母なる大地と言はむ

痛みをも悦《よろこ》びとして満たさるる吾娘《あこ》の横顔さながら卑弥呼

人形のシャツたくし上げたらちねの母の授乳をまねる一歳児《いっさいい》

おもちや箱に座りて積木食べてゐるオムツこの世に出でて敵なし

春を呼ぶはずの追儺《ついな》の一粒の豆の標的鬼でなく爺《ぢぢ》

いとけなしと思ひしころに戻らせよげに戦乱の孫のお泊まり

来て嬉し帰りてうれし初孫の動きについていけぬ爺婆

三歳の女孫《めまご》の動画あかず見るフリも一端《いっぱし》「なみだの操」

これやこの「悪魔の三歳」天下とり十三番さん《(ぢいさんばあさん)》疲れ果てたり

悪魔より強き者あり髭面で坊主頭の小父《をぢ》には勝てず

大人らの心配よそに初登園ももいろリュックいざご出立

南《みんなみ》のさしもの光かげろひてやや北向きに秋は来にけり

弱法師月影抄

み空ゆく雲の使ひにさそはれて夢に夢見る旅枕かな

遠き地のたとへば大和桜井線わが産土《うぶすな》の面影に似る

まほろば櫟本《いちのもと》駅は空晴れて煉瓦木造ゆきし世のまま

すずやかに風を躱して白無垢の裏紅一華《うらべにいちげ》　毒を秘すらし

*

何すとかわれは難波に捨てられて足摺りおらび水衣《みづごろも》謐《か》む

いたはしや貴《あて》なる顔もかゝつたゐの斯《か》くも変はりて業《ごふ》を曝せり

おしてる難波の海を頼み草つれなかりける出入《いでいり》の月

照る月もわが身には闇　人や知る中有《ちゆうう》に迷ふ足弱車《あしよわぐるま》

あさましや前世《ぜんぜ》の罪か吉野川妹背を分かつ波に沈みて

己が身の有為《うゐ》のならひは肉付きの面《おもて》のごとし　血を滴らす

行く末を誰に恃《たの》まむ闇穴道《あんけつだう》　赫《かく》と照らせよ九曜曼荼羅

黒頭《くろがしら》　喝《かつ》とばかりに橋を突き序破急の破の虚空に立てり

明石の盲杖《まうぢやうざくら》桜にあやかりて心の闇を見せまつらばや

名にし負ふ仏法初の大御寺《おほみでら》　時正《じしやう》の場《には》に施行《せぎやう》あまねし

此処なれや荒陵山《あらはかさん》を探り足　石の鳥居の西門《さいもん》に着く

石舞台わたれば朱き六時堂水音すがし白石玉出《しらいしたまで》

にごりなき亀井の水は代代《よよ》までも五濁済度《ごぢよくさいど》の船を寄すとふ

こもごもに逢へば別るる世にせめて二月《じげつ》の雪を袖にとどめむ

梅衣みな成仏の此の花のあら面白の香《か》ぞ聞こえける

盲目の西も東も難波江の出離の浄土阿字日想観《じつそうくわん》

目に入るは曇りも波の淡路須磨　満目青山《ばんぼくせいざん》わが一心にあり

見るぞとよ、　おう見るぞとよ舞扇かざして弥陀の御国《みくに》拝みき

＊

天伝ふ入日《いりひ》も西の海に落ち人に当たりてまろぶ行き合ひ

はづかしや　げにや真《まこと》の弱法師《よろぼし》と貴賤の人の嘲り笑ふ

曇り夜の迷《まど》ひよろぼひ詰《なじ》らるる此の乞丐《こつがい》に月も応へず

うち靡く草香《くさか》の山をめぐりしが道はおどろに立ち塞がりぬ

不便《ふびん》なやと此れなる者をよく見れば追ひ失ひしわが子なりけり

三ノ松二ノ松過ぎて一ノ松待ち望みけむ　今ぞ名告《の》らむ

澪標《みをつくし》こころ尽くして俊徳《しゅんとく》の手を取る父のうつつなの声

此《こ》は夢か涙はあふれ身は裂かれ婆娑羅はづかし夜まぎれの鐘

あらぬ方《かた》へ逃ぐるわが子の影法師かかへて帰る高安の里

*

磯城島《しきしま》の大和川波あばれ波　亀の大岩民草《たみくさ》哭かす

この道を究めし咎か疎まれて盛りの春に消ゆる十郎

祖父を凌ぐ才が創りし『弱法師』をそのまま生きて逝く妖霊星《えうれぼし》

京終《きやうばて》に帯解けながら《長柄》巻向《まきむく》の身は《三輪》桜井にやどる月影

Ⅳ　山ねむる

揺るがざるヨハンの壁に挑みたるルートヴィッヒをたまはりし幸

ベートーヴェン：弦楽四重奏曲第15番イ短調 OP.132

松風生るる

堅牢無比ベートーベンの石組みを三十一文字の網に手繰らむ

動かざる裂帛の舞「乱拍子」魂魄あひ撃つシテと小鼓

先立てる妻のオモカゲ遺さばや孫次郎彫れば松風生《あ》るる

鉈《なた》彫りの一木仏《いちぼくぶつ》のあどけなさ右衛門四良《えもんしろう》の十一面観音

風の音《と》の遠《とほ》にあるべき死の世界このごろ妙に近しくなりぬ

冬闇を待たせて西の空は燃え畑打ち上げし畝を照らせり

天離《さか》る伊奈の縄手に彳《たたず》みて北時雨にも動かざる鷺

硬膜下血腫入院記

歩きても庭を掃きても沈みゆくこの右半身われは弱法師《よろぼし》

右足を傾《かし》げ曳きずる秋彼岸左硬膜下血腫となりて

一壺天《いっこてん》　頭蓋に孔《あな》を穿《あ》けられて拘束病床まんじりともせず

墜ちてゆくラピスラズリの玻璃のなか音も痛みもなき海の中

海ならず空にもあらず夢ならず微睡《まどろ》みも得でただに墜ちゆく

あどけなさ残せる看護師《ナース》大胆に摩羅まさぐりて溲瓶に当てつ

脳内の鬱血徐徐に吸引し身を汚《けが》しつつ看護《みまも》るチューブ

見舞ひに来し女孫の顔に泪あり「ジイジはいつものジイジなの？」

脳内の隙間に生《あ》れし湖《うみ》の音起き臥しごとにトロロンと鳴る

稲舟の伊奈の小室《こむろ》にひつそりとサビタ花咲く白衣の天使

入れ替はる若き看護師《ナース》に目移りす老いても枯れぬ男といふもの

リハビリを楽しみきたる十日間蹉跎《さだ》のおもひで足摺岬

忘れがたき星たち

呼び出しの名人小鉄もどり来よ「〽わかのーはーなー」の美声還らず

若乃花「土俵の鬼」の目にも涙　わが子返せと仏壇返し

十五尺の土俵狭しと尾車の輪ぞめざましき嘉風の攻め

花も岩も坩堝《るつぼ》に捨てて迷ひなく船出したまへ、ジルドバンヤビ（折句）

「ぼろぼろになるまで着よ」と樹木希林とうとうたらりこころ足らひぬ

加齢には「少しだけ無理をするのがいい」げに華麗なる八千草薫

「忙しくしている暇《ひま》はない」といふ藤原真理の弦の明るさ

ロシナンテゆく

音に聞くレーヌ・フラショ※の無伴奏そのおおらかな宇宙に焦がる

※フランスの女性チェリスト（一九二二〜一九九八）

古希すぎてセロに挑むは無謀ぞと知りつつ止まずロシナンテゆく

糸竹の一節《ひとよ》の末の世路《セロ》の風いたくし吹けば物狂ほしく

梧桐《あをぎり》の琴の音《ね》抱きて尋《と》めゆかむセロ歔《すすりな》くクレモナの街

森の町ミッテンヴァルトのセロに逢ひ一目惚れなり老いを忘るる

莫告藻《なのりそ》の名は「菊姫」と拝《をろが》みて初音たまはる弥涼暮月《いすずくれつき》

親しみしハ音記号を横に置きいま新たなるへ音記号へ

弓で弾く基本は同じことなれど上下が違ふ左右《さう》が異なる

セロに明日悶苦《（セロニアス・モンク）》なきこと願ひつつ少時大童《おほわらは》汗ふき出づる

さらひ終へ拭はむとして躊躇《ためら》ひぬ撫づれば羞《やさ》し姫のゐさらひ

あと十年荒磯《ありそ》あゆまむ浜ちどり足曳《ひ》き濡らすキホーテ岬

無伴奏バッハとセロを石《いは》まくら星をいだきて闇雲にゆく

夏草の夢の世なれば冬籠もる間をも惜しみて恋ひわたるべし

憂国時事辞《ジジジ》

＊戦争

天皇の赤子《せきし》「千三」戻れどもわが子にあらず小指一本

「オラが死ねば何か遺らむ」涙呑み「セキ」の建てたる「千三」の墓

インパール兵七万を鏖《みなごろし》「食うに糧《かて》なく、撃つに弾なし」※

※前線の兵のことば

敵よりも雨期と病に斃《たふ》れゆく死屍累累の白骨街道

山に果て谷に仆《たふ》れしもののふの矢玉の雨の泥濘地獄

わたつみの底ひに眠る英霊(令和)は言はで忍ぶる隠れ岩(令和)かな

何度殺しても殺し足りない氏(蛆)がゐる牟田口廉也無駄口連夜

小楯《をだて》大和の若子《わくご》三千塵となり海石《いくり》に錆びて薬莢あまた

南方のヤシの木蔭にみづからの死屍《しし》を晒せる時を思へり

＊原爆

「原爆を落とすまで日本に降伏をさせるな」と言ひし略奪正直人《ハリー・トルーマン》

被爆者に「病は気から」と言ひし人、中曽根大勲位、大の字の意味

＊原発

原発とふ科学の花は死出の花うれしがらせて泣かせて消さず

1Fは一葉《いちえふ》のこと葉隠れにお岩を捨てて伊右衛門がゆく

再稼働に阿《おもね》るばかり恥づかしの身も蓋もなき忖度司法

右側を開けて死の道ゆづりますアベノレミングエスカレーター

プルトニウムの半減期二万四千年阿僧祇《あそうぎ》那由他《なゆた》不可思議無量

外《と》つ国に核を売り込むその舌で北を詰《なじ》るは笑止千万

アメリカの傘に護られ過ぎきしがゆるゆる由由《ゆゆ》しこの核《（隠）》れ蓑

広島も長崎もまた福島もみんな忘れて八隅靖国

日の本の火の用心の声むなし火元の闇を闇に葬る

世が世なら真空斬りをお見舞ひす今や赤胴鈴之助なく

鰓呼吸そろそろ学んでおきませう廃炉すすめぬ大和し憂《うれ》はし

＊沖縄

墨染めの夕べとなれば啜り泣くガマに埋まりし髑髏の腭《あぎと》

七十年ガマに埋もれて枯るる骨掘る漢《をとこ》あり私財なげうち

花も実も葉さへ茂らぬ国なれば独立独歩たれを恃める

わが屋戸のヤマトンチューの八重葎オナガ切る莫迦アベ切らぬ馬鹿

寄り添ひて土砂投入の得意技その日はゴルフ茅ケ崎に出る

安倍川餅《あべかは》は有象無象のキナ臭き嘘で塗《まぶ》して民草喰《く》らふ

文科省の「いじめ」の定義四条件ぴつたり嵌まる沖縄いびり

二の腕を米と右翼に抑へられ憲法置きて地位協定採《と》る

＊水俣

漕ぐ船の茂道《もだう》湯堂《ゆだう》に寄する波けさも凪ぎよる儂《わし》の恋路島《こきしま》

御所浦《ごしょのうら》の波おさまりてひかり凪底ひに魂魄《みたま》あまた鎮めて

そそり立つすがるの滝※の霧の奥遠世《とほよ》のままに咲く藤の花
※阿蘇山系の神がつくりかけの山の縁を踏みこわした跡（熊本の俚言）

玉かぎる石牟礼の『綾蝶《あやはびら》の記』生生世世《しやうじやうせぜ》の千年の夢

天草のアニマの鳥の迎へ火か道子を照らす不知火の光《かげ》

ゆっくりとひとしなみにぞ殺《あや》めゆく「天の病む」※世をなほ怨まざる

※「祈るべき天とおもえど天の病む」（石牟礼道子句集『天』）

弱きは捨て強きに阿諛《あゆ》の国なれば美智子・道子の詩《うた》に救はる

不知火海《しらぬひ》を知らで悔いつつ慕ひ来し君の訃を知る　恋路島《こきしま》しぐる

*内政

「日本死ね」の呪詛に応ふる腹もなく下血果てなきこの三十年

羽束師《はつかし》の森友・加計の言ひ逃れ　これが身捨つるほどの祖国か

「コントロールされています」のあの日から縁なき衆生の国と見定む

「身の丈」は身のほど知らず身の破滅身を持ち崩し見る影もなし

害務省罪務省はた門下省内角腐敗功労賞もの

蚊ばかりと思へば壁蝨《だに》も蔓延《はびこ》りて痾屁蚤屑《アベノミクズ》の塩梅《あんべえ》どうよ

肝臓も腎臓も病み胃も腸も壊死《えし》してなほも晋《すすむ》む心臓

責任は一切とらず辞職せず放置国家やニッポンチャチャチャ

天地人なべて災禍は収まらず「あべし!!」※「お前はもう死んでいる!」※

※マンガ・アニメ『北斗の拳』のセリフ

君が代の長き春日もゆき暮れて新宿御苑に徒桜《あだざくら》咲く

踊らされ誑《たぶら》かさるる五輪より秋刀魚の焼ける七輪がいい

＊後世

ジャンヌ・グレタのやむにやまれぬ怒り爪阿修羅となりて巨象切り裂く

オゾン層・温暖化・核　やがて来る三千世界悉皆《しっかい》地獄

カーナビもスマホ・スイカも持たざればわれはコバネウ絶滅危惧種

天高く馬肥ゆる秋　この星に生き残れるはいかなる虫魚

「宇宙進化地球生命変遷の放散総合図譜」※ 御覧《ごらう》じろ

※かこさとし作、未完の大図譜

人類史みながら辿る古希の道「戦後に生まれ戦前に死ぬ」※

※霧生海風氏の作（「朝日川柳」二〇一五年九月十八日）

若鮎の女孫に遺す後世《ごせ》ありや　いよよ昏《く》らかるこの水の星

水の星青水無月の楽の音※にジャズ乗りうつり天空を舞ふ

※河村尚子演奏／ベートーヴェン：ピアノソナタ第32番ハ短調 Op.111

夜歩きに靴などいらぬ匹如身《するすみ》の猫の身なれば今夜も手ぶら

義母、逝く

小山石アサ（一九二二〜二〇一九）

凍て月に身を手折られて皮一枚耐へて命の熱き折り梅

老い臥しのははは松ヶ丘月ヶ丘楓ヶ丘をけふも訪《と》ひ来つ

病廊をめぐりてははに逢ひにゆくいづれの病室《へや》も姥捨《をばすて》の闇

如月の空の広さをいかにせむ四肢曲げしまま臥《こや》せる丈母

訪ふほどに凋《しぼ》めるははを護れかしこの水無月の白鉄線花

み仏の水瓶《すいびやう》ひとつ賜りていまはのははの唇《くち》に添へたし

ははそはの丈母《はは》の命《みこと》の旅ごろも脚絆穿《は》かさむ手甲結ばむ

聟なるをいと慈しみくれしひと骨《コツ》をいだけばいまだ温《ぬく》とく

小車《をぐるま》の和田吉野川万吉橋《まげち》見性院に君を葬《はふ》りぬ

ゆく雲を袂に入れて栲領布《たくひれ》の白き翼は天翔《あまがけ》りゆく

帰らざる風になりても夢見草※いよよ咲きませ神奈備《かむなび》の道

※夢見草＝桜

新元号知らずに逝きし妣羨《ははとも》し国の灯《ともし》の行く手を見れば

白糸の絶えて短き夢の夜の月の雫《しづ》るる小手毬の花

マイ・フェルマータ

セロ弾きのゴテーシュとなりご満悦かぞへて七十四歳《しちじふしい》の初夢

ぬばたまの黒きケースの届きたり開《あ》くれば赤きセロきらきらし

東独生まれ銘《めい》はヨハネス・キュンストラー　ヨハネに惹かれ一も二もなく

つひにマイ・セロを贖《あが》ひて震へつつ弓を当つれば唸るC《ツェー》線

TをDに換えれば不思議ADGC《アーデーゲーツェー》の四弦に似るゲノム構造

四弦の音いと愛しくて茜さすその後ろ姿《で》を抱かむとせり

玉肌の右の肩辺《かたべ》に傷ありてそれをしも愛づ　あばたも靨《ゑくぼ》

珠《たま》に疵《きず》あれば夜空の星ならむされば天《あめ》なる「星姫」と称《よ》ぶ

世はなべて「瑕《きず》こそ宝」生まれ持ちし出逢ひの瑾《きず》を慈しみゆかむ

墨染のたそかれどきをけなげにも独り黙《もだ》して吾《あ》を待つ星姫《ほし》よ

天も地も灯《ともし》なければわが好む松韻の道ひた行くばかり

片時雨《かたしぐれ》泣いて笑うてしぐれ石西と東の二兎を追ひつつ

玉響《たまゆら》の「君とカルテット」夢に見つ　わが残生にフェルマータあれ

V　しぐれ石――「私の好きな歌」（考妣生誕百年記念）

① 丘畑にわが忘れ来し草鎌は時雨に濡れて月になりゐむ

築地正子（一九二〇〜二〇〇六）

この年齢になって新たな人との出会いを持てるのは幸運と言えるだろう。私の場合、去年の夏、「月」がそれを呼び寄せてくれた。

月が好きな私だが、そのタイトルに惹かれて伊藤一彦の歌集を読まなかったなら、示唆されて『築地正子全歌集』を読むことはなかっただろうし、そこで「無欲という大欲」と題された栞の一文を目にしなければ、歌人・久々湊盈子への身も世もない憧憬を持つこともなかった。そうして踏み出した一歩が確かな選択だった、と言える今が嬉しい。

掲出歌は、築地の第四歌集『みどりなりけり』から。一読して茫然となる。下句の劇的な飛翔に圧倒されたのだ。鎌と月の「形」の類似性。「濡れて」は触媒か。そう、ヒトは誰しも「濡れて」人になるのだ。「忘れ来し」も効いている。上句でのこの布石はさりげなく、しかも深淵だ。なぜ忘れて来たのか——。いや、忘れられたからこそ

「月」になれたのだ。昼間は「ただの鎌」にすぎないが、人目のない夜だけは「已れ」に戻れるのだ。未生以前の存在。逆流する川。向こう側にある「月」――。

月は永遠の憧れだが、男の私にはその表側しか見えない。悔しいことに、裏側を知っているのは、おそらく女性だけなのだ。

・月の夜は心に水を満たしめて会ひにゆきたし未生のわれに

（築地正子・第五歌集『自分さがし』）

② 喪の衣《きぬ》は黒漆なれど分解《と》きゆかば或は虹の彩《いろ》あらはれん

真鍋美恵子（一九〇六〜一九九四）

真鍋美恵子は『昭和萬葉集』（講談社）の中で、今でも最も印象に残っている歌人の一人である。ふと思い出して、あらためて読み返して驚いた。こんなに〈色〉にこだわる人だったとは……。

掲出歌は第五歌集『蜜糖』の一首。この歌集には、さまざまな〈色〉が登場してくるが、多くの場合、基調音はあくまでも〈黒〉。どんなに華やかな〈色〉を描いても、作者の手はどこかに必ず〈影〉をしのび込ませている。〈影〉こそものの本質なのだと突きつけてくる。その太刀筋の鮮やかさに、思わず呻いてしまう。この独特の〈不吉感〉には脱帽するしかない。

しかし、掲出歌には真鍋らしくない明るさ・広がりがある。人の死は厳粛なものではあるが、それはまた新たなる世界の展開かもしれない。「或は虹の彩あらはれん」にはそういった宗教的考えがあるともいえそうだ。

「妻として母として平穏な家庭生活を送った人だが、家族を詠んだ歌はほとんどない」（馬場あき子編『現代短歌の鑑賞事典』）という。当時の「新しい女性像」には与しない道を求め続けた作歌六十年、「墨に五彩」の虹は立ち現われたのであろうか。

・土より生ひし木よりもふかき影もちて鎮まる古き塔のありたり

（真鍋美恵子・第八歌集『雲熟れやまず』）

③銀鱗も剝げて遡ると妬みゐるわが手鰭よりなほつめたくて

倉地与年子（一九一〇〜二〇〇八）

昔から魚偏の文字はなぜか私を惹きつける。中でも鱗・鰭といったら特別。とにかく不思議な魅力がある。ヒトとしての自分にない物だからだろうか。いや、未生以前には持っていたのだが、失くした今もどこかの細胞が記憶しているからなのだろうか。いずれにしろ、この歌を目にした瞬間、いっぺんに歌海の水底に引きずり込まれてしまった。

『倉地与年子全歌集』所収の第三歌集『生きなむ』の一首。

鮭が子孫を残すために秋の川を遡る。銀鱗も剝げてしまうほど、それは一途で、ひたすらな営為であろう。それにひきかえこの私の手はといった思いを読みとることができる。

年譜によれば、二女を得た後、三十一歳のとき夫が病没。九十八歳で亡くなるまで六十年以上、女ひとりで時代の波をくぐってきたのだ。こうした来歴を下敷きにすれば、この歌は倉地の心の底流にあった、女性としてその後をはげしく恋うこともなく過ごしてしまっていることへの虚しさと読むこともできるだろう。つまり「銀鱗」は夫の謂い。しかも、決して女々しさに溺れない。現実を切り返し日常を再構築する強靭さ。武家の系譜のなせるわざか。

・さかのぼりゆけば定家にいたる道遠白くしてうかぶ横雲

（倉地与年子・第四歌集『素心蘭』）

④月のひかり樹立をすべりつつありてまたつはぶきの窪みに溜まる

森岡貞香（一九一六～二〇〇九）

この時代に生を受けた人々の前半生は並大抵でなく、作者も例外ではなかった。第一歌集『白蛾』（一九五五年）までを辿るだけで、その道のりに茫然とする。奉天での生活、胸部疾患、二・二六事件、支那事変、夫の急逝、その後の未亡人生活、周囲からの冷ややかな視線、幼き息子との生活等々、言語に絶する。

そんな中刊行した『白蛾』――〈くちなはのごとくのたうち咳きこめりたれも見るな炎はく故〉〈生れいづるときよりもち來してのひらの開かぬおそれ幻ならず〉〈指のかず増えをるごときぎこちなさあきれてわれは始末せんとす〉――。時代の不安感を逆に糧として、「作歌上の意識的な方法」（小高賢『現代短歌の鑑賞101』）を求め、築き上げていく。

一九六四年、第三歌集『甃《いしだたみ》』を刊行。たとえば掲出歌。およそ十年を経て、こんなに静かな歌が生まれた。その「歌の佇まい」にようやく救われた気がした。力みは消え、自然との秘かな交感を楽しんでいる。宇宙の永遠の息づかい。名づけて「光と重力の融合」と言いたい。とにかく音の調べがいい。タ行・ラ行を連ねつつ、濁音「だ・べ・ぶ・ぼ」を一点鎖線のように配置して絶妙。まさに「歌は意味ではなく、リズムである」（吉川宏志「シュガー・クイン日録」）。斯界に多く取り上げられないのが残念。

後年の、
・山の夜の退きあけにして椀蓋を取りたるやうに霧のありけり（「短歌」昭51・11）
の「霧」と、「つはぶきの窪みに溜まる月」との阿吽の呼吸に脱帽！

⑤しろがねの月を抱《いだ》きて眠りこむ江津の湖面を何もて擲《う》たむ

安永蕗子（一九二〇〜二〇一二）

第十一歌集『青湖』の一首。一九九〇年、七十歳の時に熊本・江津湖のほとりに転居。その湖畔の明け暮れを作者はこよなく愛したという。それも草木魚鳥の、「相貌を変えぬ自然の強靱さに打たれ、励まされた」（「あとがき」）。

「しろがねの」はほとんど「月」の枕詞と言っていい。詳述するまでもなく、この二語の蜜月は太古からのものだ。

「眠りこむ」という擬人法もいい。叙景らしく「眠りゐる」にしてしまいがちだが、「動き」が違う。「さっきまで起きていたのに、もう、居眠りなんかして」と、まるで親を見守る娘のまなざし。「眠りゐる」では単なる情景描写になってしまう。

「何もて擲たむ」は、普通には「疑問」と解釈すべきだが、ここは思い切って「反語」と理解したい。「自然の永遠性に対する人間の一過性」（「あとがき」）について、長いあいだ思索を深めてきた作者。月を抱きながら静かに明日への充電をしつつ、生きとし生ける者を育んでいる湖に、一体何が言えようか——そんな内声が聞こえてくる。あばら骨を七本も取るという大患を経ながら、九十二歳まで天寿を全うされた。精力的に歌を書き、迷いのない伸びやかな書をものにされていた。江津湖の月のめぐみともいえようか。一度でいい、直にお話を聞きたかった。

・はるばると見るべし遠く送るべし湖上一列水鳥がゆく　（『青湖』）
・雪の音闇の音はた冥府《よみ》の音仕分けもあらぬ夜を睡るかな　（同）

⑥眠りてはまた眠りては脱ぎてゆく幾度ねむれば透明になる

原田汀子（一九二〇〜二〇一四）

「原田汀子歌集『夢』より。編集から製本、カバーまですべて二人の娘さんの手作りという。わずか十数部しか作ってはいないので、ほとんど世に出ることはないだろう。そういう類い稀なる私家版の歌集である」（ブログ「喜多弘樹のナメクジ庵雑記」）。——

原田汀子という人の存在を知ったのは「合歓」創刊号・久々湊盈子のエッセイによる。二十三年前の出発にあたり主宰が最初に取り上げたこの人を、私も何としても一度取り上げてみたかった。

そんな中で見つけたのが、冒頭のブログである。掲出歌を目にした瞬間、「ついに会えた」と思った。ポイントは「脱ぎてゆく」だ。眠るたびに何かを脱いでゆくという感覚は、坐禅の要諦にも似る――「自分が大事にしてきたものを捨てまっさらになって仏に向かえば、仏の方からこちらに入ってきてくれる」という。つまり「透明」ということだ。だが、俗界の身には「透明」など夢のまた夢。

昨年亡くなられたと聞いたが、作者は果たしてどうだったのか。

・身をよろふ鱗のなくて夕ぐれをただよふごとく夏の水浴む

（原田汀子第四歌集『歳月の蝕』）

この時七十歳。死の四半世紀前にすでに仏の脇坐にあり、鱗のない「透明」な姿を見せていたのだ。それにしても、一首に「ねむ」が三回も繰り返される歌はそうそうあるまいと気がついて、私はひとり頬をゆるませたのだった。

⑦山いく重《へ》砂漠いく尋《ひろ》わたりきて今日あひし湖《うみ》に秋の雲泛く

宮　英子（一九一七～二〇一五）

第二歌集『葱嶺の雁』〈羇旅〉より。〈山いく重砂漠いく尋〉の入り方が絶妙で、一読、忘れられなくなった。悠然にして気宇壮大。一冊全部が旅の歌という歌集もあるほどの旅好きだが、行き先は西アジアばかりとか。この歌もアフガニスタンに行かれた時の歌という。砂ばかりの長い行程の後に目にした水の輝きとそれが映す雲。まるで天の恵みのような大気を作者とともに心ゆくまで吸い込んでいるような気になる。牧水の「幾山河」を連想させもするが、この下句に「悲痛さ」はなく、むしろ「くつろぎ」と清澄感に満ちている。

自身の気質についてご本人が語っている。「誰かが言ってた、〈宮（柊二）さんはああいうふうにきちきちしているけども、奥さんの方は呑気だから、それでよかったんだろうな〉って」（「短歌研究」二〇〇六年二月号）。しかし、第一歌集『婦負野』を見ると、戦中の夫の不在、戦後の三人の子育てなど忙しい日々のなか、相聞歌・家族詠を丁寧に詠われていて、決して「呑気」だけではなかったことが窺える。二〇一五年、九十八歳で亡くなられた。後顧の憂いなしかと思いきや、こんな歌も残されている。

・いまひとつ胸の閊《つか》へのをさまらず思ひ切つて喚《わめ》いてよいか（最終歌集『青銀色』）

最後まで意気軒昂であった、一代のやんちゃ娘に献盃！

⑧いつの世の人の思ひに現はれし天使か羽《はね》を持ちたるものよ

柏原《かしはら》千恵子（一九二〇～二〇〇九）

「歌集は、ゆっくりと読むべきである。（中略）卒読とか、通読とかいうのは、大事なものを見下《ママ》してしまう」（第二歌集『水の器』解説・岡井隆）――御意。今回ほどこれを痛感したことはない。初め一読してかなりの数を選んでおいたのだが、改めて読み直したところ、はたとこの歌から目を離せなくなった。見落としていたのだ。そんな歌がさらに次々と出現して、いったい俺は何を見ていたのだと呆れてしまった。

掲出歌は第三歌集『飛來飛去』〈綠の指〉の一首。〈いつの世の人〉とは、早世した母から始まり、愛唱していた親鸞、はたまた、古今東西の無告の人々に至るまでを含めているにちがいない。心身ともに身の内の苦悩を抱えたまま、「西へ行かず天へもゆかず」（第四歌集『彼方』「裸木」）に、「地獄は一定すみかぞかし」と言い切った作者の眼には、「羽を持ちたるもの」すべてが憧憬の対象になったことだろう。たとえ見果てぬ夢であっても、作者にとって「羽」とは「歌」なのだ。

病み臥しながらも生を耐え抜き、晩年の歌を収録した『彼方』を、口述筆記で長女がまとめてくれたのは嬉しかっただろうが、自身最後の歌集を手にすることなく逝かれたという。さぞ心残りであったことだろう。

・觸れねども不意にちかづく翳が見ゆ「もののけ」とみゆ　ぎらりとゆけよ
（『彼方』）

⑨大き骨は先生ならむそのそばに小さきあたまの骨あつまれり

正田篠枝（一九一〇〜一九六五）

作者は一九四五年八月六日、三十五歳の時、爆心地より1・7キロ離れた広島市内で被爆した。五十三歳の時、原爆症による乳がんと診断され、その進行は早く、翌年自宅で死去。五十四歳だった。短歌は十九歳から始め、「短歌至上主義」主宰の杉浦翠子に師事。掲出歌は四七年、私家版『さんげ』としてGHQの検閲をおそれず死刑覚悟で極秘に出版されたもの。「弟子の作品など滅多に褒めない翠子先生が絶賛したのは空前絶後」という弟子の証言もある。

さて、その掲出歌だが……、このような歌を「私の好きな歌」として挙げていいものかどうか。われながら躊躇せざるを得ない。だが、同じ歌集の次のような歌など、読者諸兄の見解はいかがであろうか。〈炎なかくぐりぬけきて川に浮く死骸に乗つかり夜の明けを待つ〉〈ズロースもつけず黒焦の人は女《をみな》か乳房たらして泣きわめき行く〉――四千度の熱線。原爆の悲惨さを描くのに、形式や技巧が何になるか。すでに「好き」「嫌い」の問題を超えている。肝心なのは、それでも正田がこの歌集に「さんげ」と命名したことだ。それはなぜか。たとえば、篠枝の一周忌には、遺稿集の編集に携わり、生涯、反戦・反核・反天皇を訴えていた栗原貞子の存在もある。七十余年後の現政権下、加害者としてのわが身を振り返る意味はあるであろう。

・再軍備するとふ人よ銃とりて新戦場へ君独りゆけ

（中川雅雄／歌集『広島』一九五四年）

⑩ 飢ゑてわづかを求めし民の決起の碑に今日いくばくの花散りかかる

岡山たづ子（一九一六〜一九九五）

「私は個性の乏しい女である。幸ひにして歌を作ることを教へられ、人間の尊さを勉強しつつある」（第一歌集『木の根』あとがき）。――雪深い新潟から十五歳で上京、看護婦学校を経て保健婦に。十九歳で岡山巌に師事、のち「歌と観照」の編集を担うことなる人の、最初期の自己把握である。

掲出歌は第六歌集『心の風景』の一首。この歌の二つ前に〈悲願一如の困民党が決起せし音楽寺の庭碑を建てて伝ふ〉がある。このたび、『岡山たづ子全歌集』を読み進めていて、「困民党」「音楽寺」の二語を見出して驚いた。一気に作者との距離は縮まり、埼玉県人としてとてもうれしかった。なぜなら、明治十七年十一月一日の秩父困民党一斉武装蜂起を、県民でさえ忘れかけているからだ。しかし、百三十年前の「飢ゑてわづかを求めし民」が今日、なくなったかといえば、否であろう。

雪に埋もれた産土の風景は晩年までその精神の底流にあったにちがいない。その忍耐の根があるゆえ、作者は「国家あっての個人ではなく、個人あっての国家」（井出孫六『秩父困民党群像』解説＝菊地昌典）に共鳴したのであろう。たった四日で壊滅した蜂起。そして、総理・田代栄助の辞世〈振りかえりみれば昨日の影もなし行く末くらし死出の山路〉を、われわれは現代に照らして読み直す必要があるようだ。

⑪ なきがらの仔をくわえゆき土に置きけだものの親声あげて啼く

武川忠一（一九一九〜二〇一二）

歌人の間では「『狭量』と言えば武川忠一」というらしい。それは〈ゆずらざるわが狭量を吹きてゆく氷湖の風は雪巻き上げて〉（第一歌集『氷湖』）の代表作があるからだ。しかし同時に、私は新井白石（三六〇年前の一六五七年二月十日生まれ！）を思い出していた。自己に信念を持ち、誰の言うことも聞かず、その狷介さで幕閣から「青鬼」とさえ呼ばれた白石とこの歌人は、一脈通ずるところがあるのではないか。

掲出歌は、第五歌集『緑稜』の「撓やかに」の中の一首。いまだに〈親声あげて啼く〉悲劇が毎日のように繰り返される人類史を思えば、作者ならずとも「ムカチュー（ムカつく忠一）」であらざるを得ない。「なきがら」で始まり「啼く」で終わるこの歌は文字通り、「泣き別れの段」（『保名』子別れの段、孤《こ》別れの段とも）そのものだが、単に仔の死を嘆く親を装いながら、実は野生を失った現代人の嘆きの叫びを描いているとも言えよう。日本列島の、いや地上の古今東西の野性の悲劇を啼いているのだ。

それはそれとして、同世代が数多戦死する中で、病とはいえ自らは兵役免除となった負い目を死ぬまで払拭できなかった人生は、白石の「正徳の治」の挫折と相通ずる気がする。「狭量」に泣き、「狷介」に哭いた両人の、しかしそれにも勝る業績を、決して忘れてはならないだろう。

最後に、この両人の希望の兆しの窺える一首を贈ろう。

・白梅の花におくれてほころべる紅梅二輪如月十日

（第七歌集『翔影』「花」）

⑫あさあけてはなたちばなのかなしみはわかきいのちのかりそめのゆめ

加藤克巳（一九一五～二〇一〇）

これは、第十六歌集『森と太陽と思想』「春盗歌」の一首。秋艸道人・會津八一ばりのひらがな表記に意表を突かれる。生涯を通じ短歌形式の可能性を求めた長い闘いの歩みを、私は、『加藤克巳自選一八〇〇首』に見ることができた。定型と非定型のせめぎ合いをはじめ、荒れる波濤を越えていくようなその目まぐるしさに、終始目を白黒……。そんな中、この歌に出会った時、大通り裏の小径でぽっと咲いている小花を見たようで、しばらくページを繰れないでいた。闘いの中でふと素の顔を見せた作者が、ここに寛いでいる。

しかし、「かなしみ……かりそめ」と詠いながら、なんという明るさ！　わけはすぐに分かった。ア段音と「の」の多用、そして「ひらがな」。

突然、私は「ひらがなの森」に入って行くことにした。つまり、「この三十一音でアナグラムを作ってみろ」と作者に挑まれたような気がしたのだ。そして半日――。森の中から「太陽」を盗むことができた。

「淡《あは》雪のけさの汝《な》が夢《いめ》なみだ雨わが袖の香《か》は散りし花の血」

だが、これで精一杯。「思想」にはついに至らず。

それにしても、作者の生活圏がほとんど私と共通、しかもわが菩提寺（旧大宮市普門院）に作者の歌碑があったとは！　己の不明・怠慢にあきれ返ったのであった。

⑬ 陀羅尼助にがきを思えばうら若き眉根を寄せしおみなわが母

岡部桂一郎（一九一五～二〇一二）

第四歌集『戸塚閑吟集』から。このとき作者はすでに七十三歳。次の歌集『一点鍾』は実に八十七歳、〈糸巻きの糸のほどけているところわれは居るなり若き母の辺〉が載る。この、母への思いの強さは一体どこから来るのだろう。

四歳で父が病死、弟も戦死し、家族は母だけとなる。当時、乳止めにも使われたという陀羅尼助は、母には欠かせぬ薬石だったかもしれないが、幼年の桂一郎には忘れがたい苦さとなったはずである。

三十四歳で結婚。結核の再発。由紀子夫人の苦闘が始まる。姑の仕打ち、夫への長い献身……。後年、夫の死で解放された妻は、ついに自身の歌集『父の独楽』を刊行。〈蛇の血のときに流れるひとさびし或る夜ふいに足からめくる〉。夫について妻は、「……性格的に暗いですもの。……ほんとうに蛇の血、人間のあったかい血じゃない、蛇の血かなと思うくらい……、冷たいっていうのは、家族に対してよ」と回想している（加藤英彦「夢の約束〜岡部由紀子のうたによせて」／砂子屋書房「月のコラム」から)。

生前、〈あなたの骨　私の骨と混ぜ合はせ石蓋を閉づ夢の約束〉と詠ったとき、桂一郎はしばし涙ぐんだという。そこまでの夫婦のありようを思えば、こんな幸せな男はいない。だが実は、妻のこの一冊が夫を越え、時代の大歌人群に拮抗するという声も聞かれたという。陀羅尼助の苦さ、彼岸の夫に及んだであろうか。恐るべし、おみなわが妻。

⑭露《あらは》なる胸乳《むなぢ》豊けく琵琶を弾くはだか弁天やや伏目にて

礒　幾造（一九一七〜二〇一五）

『礒幾造全歌集』（短歌新聞社）は、総頁数六九三頁、詠草総数五九六三首《ゴクロウサン》の大作である。付箋をつけつつ読み終えるのに二カ月、付箋歌は五六一首になった。ほぼ一割。

私が手にすることになったきっかけは図書館。たまたま目に入り、年譜を見たところ、なんと一九一七年生まれなのだった。わが父母と同年。まさに奇跡の邂逅である。なぜなら、本欄で私はこれまで、父母と同時代を生きた歌人の足跡を辿ってきたからだ。

題材は多岐にわたっている。戦争・社会問題から家族詠まで融通無碍。組合活動にも身を投ずる一方、身辺の花や国内外の旅の歌も多い。とは言え一貫しているのは、斎藤茂吉、山口茂吉の両大人、そして妻・桂子さんへの眼差しの深さであろう。すべての歌集（全十一巻）で妻を詠っているのは愛の証《あかし》にほかならない。〈富裕にも名声にも無縁の吾に添ひ妻よ愛しも五十年経し〉（第十歌集『遠山の空』）。

一九六一年、歌誌「表現」創刊。この年、一まわり年下の木下孝一氏も入会している。よき後継者を得、さらに長女（結城千賀子氏）も父の後を受けて歌の道に入った。後顧の憂いのない幸福な人だといえようか。

さて掲出歌。第九歌集『常日』「江の島にてⅡ」でこの歌にぶち当たったとき、私はぶっ飛んだ。一方、こんな歌もある。

・まざまざと思ふことあり二十五億年後の生物絶えなほも廻る地球を

（第八歌集『残響』「燠の如くに」）

⑮垂り耳に枯葉を付けて植込みを出で来し犬はボールを口にす

田谷　鋭（一九一七〜二〇一三）

幼くして父母、そして姉兄七人を主に結核で亡くした作者。その妻まじさにまず言葉を失う。初期の代表作——〈薪のこぶにくひ入りし鉈を提げしまま何を呆然とわが佇ちてゐし〉（第一歌集『乳鏡』）がそのまま、その薄幸の前半生を示している。勢い、人ではなく物にのみ目を向ける生活になったというのも宜なるかなと思う。

やがてレントゲン技師の仕事に就く。結核に人生を阻まれてきた彼が、「息をいっぱい吸って、ハイ、とめて！　と微笑してX線を操作するのは、不気味である」（深作光貞「田谷 鋭論」）。

だが、宮柊二との出会いが歌との歩みを確実なものにしていく。『波濤遠望集』『水晶の座』を経て、第四歌集『母恋』が生まれる。新たな勤務先を得、故郷の高層から海を見つつ、「今、やうやく亡き父母の恩愛を思ひみるゆとりを得た」（同「あとがき」）と書く。〈安房上総国二分けに立ちそそる鋸山に春の日を浴む〉。何というおおらかな詠いぶりだろう！

さて掲出歌。作者はこの犬の歌で『母恋』の掉尾を飾った。物から人へ、人から命へ。ただただ小犬への愛情にあふれる。このあどけなさ。薄幸の前半生を思えば涙が出てくる。だが後年、四十七年連れ添った妻に先立たれる。

・妻恋ふといふは母恋ふと等しきや老いの胸うち占むるあやしさ

そう歌いつつ四年前、九十五歳の天寿を全うされた。

⑯核の威を誇れる国の泡立草核もたぬ国の野にはびこりぬ

池邊秋治郎（一九一五～二〇〇五）

第二歌集『白霜』の掉尾近くの一首。この歌だけを揚げれば間違いなく反核運動の旗手と思われるだろう。二十年前に発刊された歌集だが、現在の国政を言い当てている。時事詠もこんなふうにさりげなく詠えたらどんなにいいだろうと素直に感心する。

ところが、である。第一歌集『春の土』から最後の第三歌集『愛染抄録』まで、作者の歌は多くが農事詠なのだ。と思えば、掲出歌もその流れで読むべきかもしれない。大和三山を望む二上山麓で長年耕作に汗しつつ、その苦楽を歌にして心の支えとしてきた。「この老人になるまで、必ずしも平穏な人生を過ごして来た訳ではありません」(『春の土』後記)という。

三歳で母を亡くし、十九歳で父を失い、かの戦争に銃をとり、戦後も家業は揉まれ続けて、〈望みたる医師にはなれず鍬持ちて再びは無きわれの人生〉(『春の土』)と嘆く日々。救いは短歌と愛する妻だった。〈湯に浸り見えかくれする妻の乳子を産まざれば乳首あたらし〉(『白霜』)。

が、その夫人も年若く難病に罹患。やがて(平成九年)他界。〈わが手には愛のほてりの背後より君を抱きたる温みのこれり〉(『愛染抄録』)。作者八十二歳の胸に去来したのは、なんと、最初の歌集の次の歌であった――

・霧ふかき林の道に入り行けばつひの日に行くわれかと思ふ

⑰雪の日の鴉びつしりとゐて鳴けりるぐあああるぐああ人間は死ね

竹山　広（一九二〇～二〇一〇）

今回の注目は、第四歌集『一脚の椅子』（平成七年）。作者七十代前半の歌集で、戦後五十年の節目と重なる。原爆被災から歳月を経て、ようやく作者本来の詩想が溢れ出したように思え興味深かった。特に小動物に向ける眼差しがいいと思う。

それにしても掲出歌は不気味だ。「るぐああ」の連呼が忘れられない。すぐ後のインパールの歌〈飢ゑて食はず渇きて飲まずちりぢりに山に果てゆきし天皇の兵や〉を並べてみると、地獄を味わった人どうしの叫びが通底する。人間はろくなことをしない。「るぐああ」——鴉の嘲りが聞こえる。

そしてその思いは自然に、人間の運命も蟻の運命も何ら変わらないという地点に辿り着く。〈かの夏を生き得たること今日われに見逃されたる蟻のごときか〉——みごとな逆転と相似。この「軍靴に踏まれる蟻」の主題は、驚いたことに二百年前の『赤と黒』（スタンダール著）と同じなのだが、それはさておき……。

次の歌の恐ろしさはどうだ。〈身に触るる蟻ことごとに殺し来しわれと知らざる蟻の近づく〉。否否、「近づく」の範囲はとうに超えてしまったようだ。〈アメリカに一発の核を落とさんか考へ考へ燃ゆる枯菊〉（第五歌集『千日千夜』）。

枯れぬ竹山先生の絶唱——

・銭いらず学問いらず神いらずましてや人間いらずほたるよ
〜るぐああるぐああ（第六歌集『射禱』）

⑱夢みつつ恋ひつつ来しがまぼろしのほか何もなく雪ふる山河

大野誠夫（一九一四〜一九八四）

難しいことは分かるが易しいことが解らない——これが現代人の最大の「蒙」ではないか。大野という人は、つねに基本に立ち返りつつ、いわば精神的な「飢え」から抜け出す方途を探り、喘ぎつづけて生きた人だったように思う。

個の力で何かを成しうるという錯覚に気づき、そこから現実と幻想の二重構造の中で、人世の真実をあばき出そうと踠《もが》きつづけた人。『大野誠夫全歌集』（沖積舎）全三七一七首を一言でいえば、「見果てぬ夢」としか言いようがない。平泉を詠んだ掲出歌（第七歌集『川狩』）を見ればそれが分かる。しかも、芭蕉の「夏草や……」を超えた色気さえ感じる。

実はこの『全歌集』には七一年刊のこの『川狩』までしかなく、晩年の歌集群に目を通すことができなかった。唯一、松平修文氏による大野の最晩年作『水幻記』への賛辞「淵瀬のならひ」を見つけた。蒙を啓いてくれた一首をご覧あれ。

・水の世のほか知らざらむ浮草につきて漂ふ割殻《われから》さびし

「この世に生を得た運命の悲しさ」（松平）を深くはっきりと示している。「割殻」とは海藻に棲む甲殻類。一体どのような形態のものかと、今回、私はその姿をネットで見てしまった。タツノオトシゴのような、原初の生命体のような……。これこそ「個」の正体と悟った次第。いやはや、大野誠夫、恐るべし。

⑲シャボン玉街に流るるかくまでに跡をとどめぬ風の産卵

高安国世（一九一三～一九八四）

第七歌集『街上』四三三首中の四〇首め。このとき作者四十九歳。アララギの写実主義から、自分に素直な境地を求め歩み出す時期であった。自ら次のように言っている。――「ないことをうたうより、あるものをうたえ、と批評されたこともあるが、あるものがなくなった、あるいは、あるはずのものがないおどろきをうたうことも、私のうたわなければいられない衝動のひとつである」（第八歌集『虚像の鳩』あとがき）。

掲出歌。直喩法を多く用いてきた作者が、ここにさりげなく繰り出した隠喩「風の産卵」が卓抜である。産卵とはいかにも重々しいが、風ならばいかにも「かくまでに跡をとどめぬ」ことになろう。重力は働かない。作者の求めたものは「見えるもの」を通して「見えないもの」を彫り出す手法だった。この歌はまさに「あるものがないおどろき」を描き切っている。

この才はどこから来たのか。幼少期から喘息に苦しみ、家に籠る生活が長かったという。〈ひとり居る堪へがたきをも人と居る堪へがたさをも幼く知れり〉（第三歌集『年輪』）。一人の人間にとって、その成育歴の影響は大きい。晩年の一首。

・石に寄り暫しためらう流れ葉も　つと離れゆき帰ることなし

（第十二歌集『湖に架かる橋』）

創作と研究、和と洋の双方に挑み続け、揺らぎ続けた全五三七〇首、七十年の生涯に献杯したいと思う。

⑳ ほしいままに生きしジュリアンソレルを憎みしは吾が体質の故もあるべし

近藤芳美（一九一三〜二〇〇六）

『定本　近藤芳美歌集』（短歌新聞社）には、第一〜十歌集の五七四四首が収載されてある。掲出歌はその第一歌集『早春歌』の冒頭六首目、年齢は二十代後半であった。氏の歌の道は『赤と黒』から始まったのだ。だが三句以下が不思議。「憎みしは」とは。

氏は岩波文庫の赤帯を全部読んだという（『短歌研究』〇六年九月号「追悼座談会」）。生まれも、最初の職場も朝鮮半島。ユーラシア的大陸気質の持ち主だ。召集先で胸を病み、病院を転々とした末、広島に戻った。「吾が体質」とはこのことか。

後年、ソ連ほかを巡る『異邦者』（第七歌集）としての旅で、〈幾千万の昨日の死者があることとも今なまなまとこのロシヤの土〉と詠む。西欧・米国にも足を伸ばし、ますます大陸・海外への希求が強まる。その一方、還暦前にこんな歌も詠んでいる。〈いれずみし地を這い怖れし奴婢たちの裔にして吾がひとりの歌ぞ〉（第九歌集『遠く夏めぐりて』）。『魏志倭人伝』にまで遡って自らの出自に思いを巡らす壮大さ、奥深さ。

総歌集二十三巻、全一一四四〇首。生涯最後の歌がこれである——〈マタイ受難曲そのゆたけさに豊穣に深夜はありぬ純粋のとき〉（「未来」〇六年六月号）。同年六月二十一日死去。九十三歳。

考妣生誕百年をたどる旅の最後に、近藤芳美なる大山に逢着できたのは、大いなる僥倖であった。

〔番外編〕

㊤いづくよりわたりきにけむものすごきあら磯崎に立てる大わし

大正天皇（一八七九〜一九二六）

『大正天皇御集　おほみやびうた』（全四六五首・邑心文庫）から選る。大正四年の作。大正天皇と言えば「病弱でちょっと変わった人」程度の印象しかない。だが、掲出歌を知ってイメージを改めねばならぬと思った。二句切れ。下句の大胆さ・豪快さはどうだ。どこか、実朝の「大海の磯もとどろに寄する波破《わ》れて砕けて裂けて散るかも」を髣髴させる。何がそう思わせるのか。ためしにこの両歌を並べて読んでみると、やがて二つが混然となり、一人の自画像となって立ち顕れる――。

時代の王者になったはずの前半生（掲出歌「大わし」）が、周囲の齟齬に翻弄されつつ、ついに非業の死を遂げる生涯（実朝歌「波」）。両者二つながら、砕け散るわが身に、むしろ快感さえ覚えていたか（樋口芳麻呂・新潮社版『金槐和歌集』解説）。

さて、生涯を振り返れば、「健康が回復するとともに、自由奔放な振る舞いを見せた皇太子時代」（原武史『大正天皇』あとがき）から即位後の数年が幸福の時代といえよう。総じて、「詠歌の才能においては、近代の三人の天皇の中で、随一の力を持って」いたとの評もある（岡野弘彦・御集「解説」）。

掲出歌にもどろう。あの大正「大わし」が最後に見たものは――

・はるかなる沖の波間のはなれ島夕陽をうけてあらはれにけり（御集）

ライトは一瞬、すぐに暗転。やみらみっちゃや。

㊦ゆきまじりしぐれふりくる夕まぐれ入江めぐりて千鳥しばなく

貞明皇后（一八八四～一九五一）

変体仮名を学ばなかったことをこれほど後悔したことはなかった。昨年思い切って『御歌集』（宮内庁書陵部編）を借りた。皇后直筆の写しである。惚れ惚れするような流麗な水茎の跡、とても歯が立たない。だが諦めるのは悔しい。手元にあった入門書を繰って一つ一つ解読。匍匐前進二週間。ある程度慣れたものの、とても上下巻は無理。結局、活字本に切り替えて選歌に入った。西川泰彦著『貞明皇后　その御歌と御詩の世界—《貞明皇后御集》拝読—』（錦正社）。全一一七四首。

掲出歌は昭和七年（皇后四十八歳・大正天皇没後六年）の作。この歌に出会うや久々の鳥肌、思わず唸ってしまった。高円寺村の農家で育てられた生来の明朗快活さは一体どこへ。だが、皇后・皇太后としての足跡を辿れば、こんな心境にもなろうというもの。

いやいや、そんなことはどうでもいい。この歌の真骨頂は全体を貫く音の響き。特徴を挙げる。①濁音の重用—「まじり」「しぐれ」「まぐれ」「めぐり」「ちどり」。②イ段の多用—全11個。③ラ行音の瀕用—8個。しかも、④全体のトーンに嫌みがない。並大抵の才にあらず。「九条の黒姫」（九条家の出身で、色黒であった）、やるなぁ！　千首を越える歌群からこの一首を見つけ得たのは、まさに恩寵。節子《さだ》さま、神違いなれど、あなたをわが心の「恩寵《ガラシャ》」と呼んでいいですか。

Ⅵ

日照雨風《そばへふ》（長歌九首）

三　風

朝羽振《あさはふ》る　風の強きに　白雲の　たつき苦しく　大宮の　仮庵《かりほ》に住
みて　戦中に　長子を亡くす　ややありて　水温《ぬる》む日を　呱呱の声
あげし二人め　み空ゆく　雲の衣に　卯の花の　咲けるこの月　初
時鳥《ほととぎす》

杳《とほ》き日の　わが学び舎の　木造りの　階《きざはし》の下　漏れ出づる　妙なる

調べ　憶《おぼ》えなき　西の楽《がく》の音《ね》　浪花節に　馴れし耳には　霹靂に
撃たるる如し　ああかくて　われは狂へり　月の夜の　風に天衣《てんね》の
女神を見たり

うれしきは　生徒《こ》らの喚《よ》ぶ声　かなしきは　流るる月日　幾たびも
送り出しつつ　歩み来し　幸魂《さきたま》の丘　今さらに　還らぬ春を　かつ
がつも　呼び戻さむと　天袋　開けて取り出す　紫の　提琴《ヴィオラ》一挺
風のめぐり来《く》

三　里

白雪の　わがふる里を　離れ来て　そも幾星霜　ちちのみの　父は
身罷り　ははそはの　母を葬《はふ》りて　名にし負ふ　小町しぐれの　墓
洗ふ　水窮《きは》まれば　天雲の　ゆくらゆくらに　沼水の　行方も知れ
ぬ　小橋徒行《かち》橋
呉織《くれはとり》　綾瀬川辺に　住み着きし　四《よ》十年余《そとせあまり》　梨の花　かがやく朝も

桜葉の　もみづる夕も　後《あと》になり　先になりつつ　連れ立ちて　語らふ径《みち》ぞ　天離《あまざか》る　鄙にはあれど　雲鳥《くもとり》の　あやに高飛ぶ　御沼《みぬま》の里は

魂《たま》きはる　わが身の末《すゑ》を　ほつほつと　思ひめぐらし　陽炎《かげろふ》の　ほたるの里に　ほたほたと　奥つ城《き》立てつ　気に入りの　瓢箪鯰《なまづ》　ゆかしかる　梵字がむたに　生前《しやうぜん》の　辞世三首を　ねもころに　石に刻みて　こころ穏《おだ》しき

三　雨

揺り上ぐる　リアスの浜を　うち暗み　喘ぎ萎《しな》へて　泥濘《でいねい》と　瓦礫の道に　花時雨　子の寒がりて　うち震へ　怺《こら》へゐるとふ　そを聞くも　素知らぬふりか　心なき　老馬が夢を　朝なさな　樹上《じゆじやう》に嗤《わら》ふ　鴉声《あせい》炯眼《けいがん》

隠《かく》り世の　ちちははの棲む　補陀落《ふだらく》の　海遠ければ　いささかの

露命たのみて　これの世の　名残とせむか　雲離れ　戯《そば》へゆく風
何しかも　日照雨《そばへ》降らする　天霧《あまぎ》らふ　七つ下がりの　雨なれば
七十越えて　道楽やまず

笹の葉の　さみどり濡らす　五月雨を　背《せな》に受けつつ　つらつらと
きぞを思へば　身めぐりに　消えし友あり　塩釜の　うら小乱《さみだ》れに
水底《みなそこ》ふ　君を抱《いだ》きて　贈るべき　花もあらねば　浜つづら　弦《つる》を鳴
らして　汝《な》が世路《せろ》に沿はむ

Ⅶ

エピタ譜（戯辞世）

はかなしや枕さだめぬ一生《ひとよ》ゆゑ心さだめて墓作《な》しにけり

Gクレフ

誰《た》が去《い》なば残りの命惜しむらむ潮路の祈りこの花筏　（回文）

誰があの世へ　逝つたなら　惜しむ気持ちに　なるのだろ
たとへどなたが　逝つたとて　惜しみはしない　この命
西の海には　ありがたき　極楽の待つ　潮の路
ゆけば寄る波　花筏　仰ぎて月の　舟に祈らむ

C クレフ

ゆく月を見沼の水にくぐらせて蛍火こほしわが行方橋

雲間を出でて　ゆく月の　映れる光　水鏡
くぐればにじむ　面影は　見ぬ間に消えし　うたかたか
わが魂《たましひ》の　友として　せめて蛍の　火が欲しい
幽明境を　わたる橋　賽の河原の　二十一目《さいのめ》いくつ

Fクレフ

うつしみの人の夢はや　うたかたのきえて儚きまぼろしのはな

われは生死《しやうじ》の　海に出で　盲亀《まうき》の浮木《ふぼく》　さながらに
辿り着きたる　此の岸の　夢をば何と　譬ふべき
諸行無常は　いろは歌　怒りの日には　ラクリモサ
されば見果てぬ　幻の　此の世の花を　いま置きてゆく

解説

久々湊盈子

「合歓」誌上に菅原貞夫さんの名前がはじめて出たのは二〇一四年四月、六十四号であった。いま開いてみるといきなり巻頭十二首の欄にその名が見える。堂々十一名のうちの五番目である。タイトルは「蘇る天平の音」といい、正倉院ゆかりの「天平楽府《がふ》」にちなんだ一連であった。正倉院には遣唐使が帰朝の際に持ち帰ったり、大仏開眼の盛大な法要のおりに、アジア各地からやってきた多くの楽人たちが持参したと思われるたくさんの楽器や伎楽面が残されているという。菅原さんは若いころから音楽に興味をもち、自身でもヴィオラを演奏されるから、復元されたそれらの楽器に大いに魅了されたにちがいない。

斬り結ぶ劉宏軍《リュウ・ホンジュン》に神やどり古代楽府は目を醒ましたり

正倉院ゆかりの楽器復元す「天平楽府《がふ》」の八音《はっちん》きらら

「磬《けい》」といふ石片二段に掛け並べ打てば台座の龍もなごめる　［石］

鳳凰の尾羽を模したる吹き口の「笙」をつくりし女媧の伝説　［匏］

閉ぢてハ音開くればロ音あらかねの土笛「塤《けん》」の口づけに酔ふ　［土］

いにしへのシルクロードもかくやらむ往き交ふ音に広ごれる笑み

「蘇る天平の音」はこういった実に情趣あふれる一連である。一首目の劉宏軍は中国、大連生まれの作曲家であり演奏家。菅原さんはその手によって復元された楽器の音色に恍惚となったのだろう。古代中国の楽器分類法である、材質による八音《はっちん》、すなわち竹、金、石、糸、匏、革、木、土を手がかりに、連想を広げて歌に仕立てている。三首目の「磬」とは玉や石板を鈍角に曲がった長方形につくり、それを吊るして打ち鳴らす古代楽器の一つ。また、四首目の女媧とは中国古伝説上の皇帝の妹で、人面蛇身。笙簧という楽器を作ったという、などなど、はじめて知る事柄が多く、わたしは校正しながら後追いで大いに学ばせていただいたのであった。菅原さんの作品はそれまでの「合歓」誌上には見られなかった独特の味わいで、登場するやたちまちその個性を発揮して毎号新たな着想の作品世界を広げていったのである。

にぎたまの吐息を抱きて黙《もだ》しゐる月の器をヴィオラと言へり
盈《み》ち虧《か》けも月のたくらみパルティータ上弦下弦重音奏法
人知れず暗きしじまにましまして楽の音《ね》統《す》ぶる魂柱《こんちゅう》けなげ
四弦をいとしめやかに巻きあげてヴィオラ奏づる身ぞありがたき
石を穿つ雨垂れのごと従容と弓弦《ゆづる》弾かばや器《き》の鳴るままに

「合歓」七十号の自選十首から。菅原さんは一九六五年に早稲田大学に入学し、早稲田大学交響楽団に入団。そのときからヴィオラを弾いておられたそうだ。卒業後は埼玉県内の公立中学の教諭として六校を歴任。二〇〇〇年に大宮フィルハーモニー管弦楽団に入団。さらに二〇一五年からは構成員八名の大宮GMTアンサンブルにも入団され、最近ではチェロの演奏にも取り組んでおられると聞いた。弦楽器と短歌、いずれも胸底にふかく届く調べを持つものだ。大勢の構成員によって演奏される楽曲は一音、いや半音でも外れたら台無しになってしまうものだが、その緻密さをもって菅原さんは短歌の言葉も一字一句を周到に考え、選んでいる。しかも、その言葉はできるだけしっとりとした奥深い意味を持ち、長い時間を経てニュアンスを帯びた和語が好まれているようだ。

十薬《どくだみ》は十楽《ごくらく》からの贈りもの黄なるその身に十字の白衣《びやくえ》
濡るるほど氷のごとく透きゆける山荷葉《さんかえふ》げに神変《じんぺん》白衣
庭先に朱き一輪ゆらめきて今かも恋ふる虞《ぐ》や虞《ぐ》やの声
萼のこし飛ばされてゆく蒲公英の綿毛うきうき花魁《おいらん》道中
霧ながら槿花《きんか》一朝身に沁みて底紅淡し宗旦の夢

Ⅱの章から植物がどのように詠われているか見てみよう。ここでは「いろかにほへる」と小題があり、おおむね花の名が詠まれている。一首目、どくだみは干して消炎・利尿剤に、また葉は腫物に貼付して有効な植物だが、作者はその字面から発想して「十薬《どくだみ》は十楽《ごくらく》からの贈り物である」という。十楽とは仏教用語で、極楽にいけば十種の歓びが味わえるという意であるらしい。たしかにあの臭いはともかく、森の下蔭などに群れて咲いているドクダミの十字の白花は可愛いものではある。二首目の山荷葉は未見であるが、本州中部より北に分布し、比較的湿った山地などに咲く花で、雨に濡れるとガラスのように透明になる清楚で可憐な花であるらしい。そのさまはドクダミの白とはまた違って「神変白衣」とでも言いたいくらいの美しさなのだろう。

虞や虞や、はもちろん項羽の寵愛した虞美人のことだが、庭さきに咲いた一輪の雛罌粟。風にゆらめくそのさまは項羽ならずとも「虞や虞や」と呼びかけたい風情であったのだろう。四首目ではほほけて萼から飛び立ってゆく蒲公英の綿毛を花魁道中とユーモラスにとらえ、五首目では早朝の木槿に千宗旦の禁欲的で控えめな姿を思う。いずれも花そのものの描写ではなく、さまざまな物語を寄り添わせて一首に仕立てるというのが菅原流なのである。

セロに明日悶苦《（セロニアス・モンク）》なきこと願ひつつ少時大童汗《おほわらは》ふき出づる
わたつみの底ひに眠る英霊は《（令和）》言はで忍ぶる隠れ岩《（令和）》かな

「原爆を落とすまで日本に降伏をさせるな」と言ひし略奪正直人《ハリー・トルーマン》

踊らされ誑《たぶら》かさるる五輪より秋刀魚の焼ける七輪がいい

害務省罪務省はた門下省内角腐敗功労賞もの

セロ弾きのゴテーシュとなりご満悦かぞへて七十四《しちじふしい》歳の初夢

あとがきで本人が書いているように、菅原さんはまことに遅筆・熟考型の人である。古歌の本歌取りや、洋の東西を問わぬ文物からの引用、ルビをふった語句の読み替えなど、よくぞここまで、と言うくらい考え抜く。一首目のセロニアス・モンクはアメリカのジャズ・ピアニスト。自身が始めたセロの練習におおわらわな状態を「悶苦なきことを願う」とその名をうまく読み込んだものだ。二首目は「令和」という元号を二度入れ、南洋の海に果てた兵士の物言わぬ悔しさを「英霊」という美辞で逆説的に言ったものだろう。三首目のトルーマンには、よくぞ思いついたものだと舌を巻いたが、完成した原爆の威力をどうしても実験したかったと言われるアメリカの大統領の名を「正直人」とは。

これも欲望に忠実であったという反語的発想なのだろう。

菅原さんは時勢への批評精神も旺盛で、オリンピックモード一色の浮かれ気分に物申したり、「内角腐敗」と現政権への突っ込みも鋭い。そして一方、セロ弾きのゴーシュならぬ「セロ弾きのゴテーシュ」と自分自身を揶揄することも忘れない。

こうして挙げてゆけばきりがないのだが、ヴェルレーヌやブラウニングの詩を折り句とした「大宰府雷電伝」や、謡曲に想を得たものまであって、『時雨譜』一集を読み通すのはなかなかに骨が折れる。いささか、勇み足が目につくところもあるにはあるが、そこは作者の果敢にして不断の好奇心、探求心のあらわれとご寛恕いただいて、どうぞ忌憚のない、あたたかいご批評をお寄せいただきたいものとお願い申し上げて、解説の筆を擱くこととする。

あとがき

歌集を編もうとしてこれまでの歌を何度読み返してみても、ためらい傷ばかり。逡巡と呻吟の泥濘にはまって二進も三進もいかない。それが、冒頭の一首を「序歌」に据えたとき、一瞬にして歌集全体の構想が定まった。

題名の『時雨譜』は、*C-clef*から採った。ハ音記号のことである。ト音記号（この記号を*Tone*記号と思い込んでいた人がいたと聞いて、妙に感動したことがある）や、ヘ音記号は、高音部・低音部記号とも呼ばれてお馴染みであるが、中音部のハ音記号を目にすることはほとんどない。だが、ヴィオラ弾きにとっては、ハ音記号（𝄡）オンリーである。これを英語で書くと「*C-clef*」、つまり「シークレフ」。縮めると「シクレフ」、漢字に直すと、何と「時雨譜」に変身したのであった。

閑話休題。選歌作業を進めているうちに、さらに「時雨」という言葉を多用していることに気づいた。なんという暗合だろう。わがことながら意外であったが、考えてみればこの「時雨」の持っている地味で控えめなイメージが、ヴィオラの音色に通じているのかもしれない。いや、もっと言えば、私自身の性格そのものなのかもしれない。

ところで数年前、何気なく地図帳を眺めているときに、偶然「七時雨山」という山を発見。あたりを見まわすと、妻の故郷三沢（青森）とわが父の産土水沢（岩手）のちょうど中間にある標高一〇六三メートルの小高い山。南北の二峰あり、両手を伸べて、子どもたちと手をつないでいる父母のような佇まいである。珍しい名前なので調べていくうちに古い文書を見つけた。それは高山彦九郎『北行日記』（一七九〇年）で、「日に七度時雨《しぐ》るるとて、七時雨と名付けたりなん聞く」とある。ちなみに西に目を転ずると、この年はヴィオラを愛奏していたモーツァルト死の前年でもあったのだ。

*

もう一つ歌集づくりのきっかけになったことがある。昨年三月に義母が亡くなり、これでわれわれ夫婦両方の親がそれぞれ長寿を全うして旅立ったことになる。これも一つの節目になった。大正生まれのこの四人の死が、私を「合歓」への連載に向かわせ、親と同世代の歌人を辿る大正への道に導いてくれたのかもしれない。そのシリーズ「私の好きな歌」（全二十二回）が昨年末号で完結したこと、これも大きな区切りに思えた。

あれやこれや、こうした事どもがそれぞれの道のりを経て大きな渦となり、一挙に私の中に流れ込んできたような気がしてならない。

＊

この歌集の構成は、「七時雨山」にちなんで七章立てとした。

第Ⅰ〜Ⅳ章のタイトルも、また、春夏秋冬の山の季語とし、考妣四名の悼歌をそれぞれに配した。Ⅴ章「しぐれ石」は、歌集にはそぐわない面もあるが、前述の経緯を踏まえ、「私の好きな歌」を一部修正のうえ、ほぼ連載時のまま収載することとした。二十二人の歌人たちの生の歩みを辿ることで、親たちの生きた時代を振り返り、それぞれの作物を仰慕することができたと思う。

全体の歌数は、Ⅵ章の「日照雨風」長歌九首、Ⅶ章の「エピタ譜」四首、「あとがき」一首も含め、計三八一首。おもに二〇一一年から二〇一九年までの歌を選び、作歌の時期にはこだわらず、題材を考慮して連作風に整序した。

私は短歌をはじめて、当初「日本歌人」に所属したのであったが、二〇一四年、縁あって「合歓」に入会した。ところが私のように遅筆、熟考型の歌の作り方では当然ながら、二つの結社に歌を出し続けるのは無理とわかって、心ならずも季刊の「合歓」一本に絞ることにした。しかし、ここに至るまでの多くの出会いが現在の私を形成してくれたのだという思いが強い。そのお一人お一人に対する恩顧の思いには筆舌に尽くしがたいものがある。

*

さて、今回の出版には、多くの人たちの一方ならぬお力添えをいただいた。まず挙げなければならないのは、「合歓」主宰の久々湊盈子師である。月例会をはじめ、さまざまな催しにも声を掛けてくださり、歌の世界への見聞を広げてくださった。そしてそのうしろに「合歓の会」の多くの仲間たちがいる。多士済済。歌会のみならず、私の所属する大宮フィルハーモニー管弦楽団の年に一度の定期演奏会にもこぞって応援に駆けつけてくれる。その熱気あふれる存在が小さな私の大きな支えになっているのは間違いない。

出版に際しては、砂子屋書房の田村雅之氏のご高配を賜った。今日を迎えることができたのも、なかなか踏み出せなかった私の背中を機会あるごとに押してくださった氏のおかげである。また、装本にあたっては、倉本修氏の格別なるご尽力を賜った。ともに、この場を借りて謹んで拝謝申し上げる。

＊

おわりに、わが妻・悦子に感謝のことばを捧げたい。こんな世間知らずのエゴイストに、半世紀に垂《なんな》んとする日々の暮らしを大過なく営ませてくれた努力と忍耐に、心中からの敬意を表するものである。こんな私だから、本当は、この世に何の爪跡も残さずに消えていくのがオシャレに違いないのだが、小才につき悟り切れず汗顔の至り。蛇足ついでにもう一首、跋歌をくわえて結びとする。

みちのくに時雨《じう》たまはれば七時雨山ほほ笑みて春を待ち受く

菅原貞夫

二〇二〇年二月二日　春近き日に

菅原貞夫
一九四六年四月一二日　埼玉県生れ　早稲田大学文学部国文科卒
一九六九～二〇〇六年　浦和市立中学校教諭となり定年まで六校を歴任
二〇〇〇年　大宮フィルハーモニー管弦楽団に入団
二〇一五年　大宮GMTアンサンブルに入団
歌　歴　「日本歌人」を経て、二〇一四年「合歓」入会
日本歌人クラブ会員

歌集　時雨譜

二〇二〇年四月一二日初版発行

著　者　菅原貞夫
埼玉県蓮田市駒崎四二〇二―一四（〒三四九―〇一三四）

発行者　田村雅之
発行所　砂子屋書房
東京都千代田区内神田三―四―七（〒一〇一―〇〇四七）
電話　〇三―三二五六―四七〇八　振替　〇〇一三〇―二―九七六三一
URL　http://www.sunagoya.com

組　版　はあどわあく
印　刷　長野印刷商工株式会社
製　本　渋谷文泉閣